아침달 시집

i에게

김소연

시인의 말

한 사람이 불면의 밤마다
살아서 갈 수 있는 한쪽 끝을 향해
피로를 모르며 걸어갈 때에

한 사람은 이불을 껴안고 모로 누워 원없이
한없이 숙면을 취했다.

이 두 가지 일을 한 사람의 몸으로 동시에
했던 시간이었다.

2018년 칠월 김소연

차례

I
그 좋았던 시간에 대하여

Ⅱ
동그란 보풀이 될 수 있다는 믿음

III

Mean Time Between Failures
평균 고장 간격

발문

I

그 좋았던 시간에 대하여

다른 이야기

처음 만났던 날에 대해 너는 매일매일 이야기를 들려주었다. 우리가 어떤 용기를 내어 서로 손을 잡았는지 손을 꼭 잡고 혹한의 공원에 앉아 밤을 지샜는지. 나는 다소곳이 그 이야기를 들었다. 우리가 우리가 우리를 우리를 되뇌고 되뇌며 그때의 표정이 되어서. 나는 언제고 듣고 또 들었다. 곰을 무서워하면서도 곰인형을 안고 좋아했듯이. 그 얘기가 좋았다. 그 얘기를 하는 그 표정이 좋았다. 그 얘기가 조금씩 달라지는 게 좋았다. 그날의 이야기에 그날이 감금되는 게 좋았다. 그날을 여기에 데려다 놓느라 오늘이 한없이 보류되고 내일이 한없이 도래하지 않는 게 너무나도 좋았다. 처음 만났던 날이 그리하여 우리로부터 점점 더 멀어지는 게 좋았다. 처음 만났던 날이 처음 만났던 날로부터 그렇게나 멀리 떠나가는 게 좋았다. 귀여운 병아리들이 무서운 닭이 되어 제멋대로 마당을 뛰어다니다 도살되는 것처럼. 그날의 우리를 우리라고 부를 때마다 우리가 없어져버리는 게 좋았다. 먹다 남은 케이크처럼 바글대는 불개미처럼. 그날의 이야기가 처음 만났던 날을 깨끗하게 먹어치우는 게 좋았다. 처음 만났던 날이 아직도 혹한의 공원에 앉아 떨고 있을 것이 좋았다. 우리가 그곳에서 손을 꼭 잡은 채로 영원히 삭아갈 것이 좋았다.

코핀 베이

당신은 내 어깨에 팔을 두른다. "우리의 살아 있는 마음은 참나무와 소나무로 에워싸여 있잖아.⌐" 당신은 밑동만 남은 그루터기를 가리켰다. 소리 없이 나는 웃었다. 없는 나무 그늘 속에 앉아, 없는 당신의, 없는 팔베개 속에서. 사이프러스 나무 아래에서 허리를 굽혔을 때였다. 열매를 주웠지만 손끝에서 순식간에 부서져버렸고, 발만 남은 천사에겐 날개가 없었고, 시들지 않은 플라스틱 장미가 꽂힌 화병에는 물이 한 방울도 없었다. 하늘에 포물선을 그리며 맴도는 까마귀는 목적이 없었다. 쯧쯧, 태어나자마자 조지는 죽었구나, 라는 너의 말을 나는 "태어나자마자 행복해졌구나" 라는 뜻으로 바꾸고 싶어진다. 햇살이 잔디밭을 더 넓게 점령하며 사이프러스 나무들 사이를 파고들었다. 나는 그것을 "얼음 밑 귀먹은 나무들 그리고 벌떼 같은 자갈들⌐⌐의 낙담을 햇살이 어루만지고 있습니다"라고 말할 수 있어야 한다. 이곳엔 러시아 사람 옆에 스페인 사람, 이탈리아 사람 옆에 중국 사람, 아일랜드 사람 옆에 태국 사람이 나란히 잠들어 있었다. 나도 빈 칸에 누워 낮잠을 자고 싶어졌다. 아무도 없고 아무것도 없다, 라고 말하는 것은 너무 쉽다. 나는 고쳐 말해야 한다. "이곳에는 검은 그림자와 빛나는 모서리가 함께 있답니다." 묘비의 모서리에 맺힌 햇빛을 당신은 쓰다듬었고 사라졌다.

⌐ 카산드라 애서튼Cassandra Atherton의 시, 「성 루이 묘지 1번」의 마지막 구절 "You put your arm around me. The living heart of us is bound tight with oak and pine."을 빌려 옴.

⌐⌐ 보니 카시디Bonny Cassidy의 시, 「영원한 굴」의 마지막 구절 "trees deaf under the ice/and pebbles thick like bees"를 빌려 옴.

경배

나쁜 짓을 이제는 하지 않아
나쁜 생각을 너무 많이 하기 때문이지

좋아하는 친구가 베란다에서 키운 부추를 주어서
나란히 누운 부추를 찬물에 씻지
좋아하는 친구가 보내준 무쇠 프라이팬에 부추전을 부치지
젓가락을 들고 전을 먹는 동안에

나쁜 음악을 이제는 듣지 않아
나쁜 생각들을 완성하는 데에 방해가 되기 때문이지
부추를 먹는 동안엔 부추를 경배할 뿐

저편 유리창으로 젓가락을 내려놓는
너의 모습이 보였는데
왜 그렇게 맨날 억울한 얼굴이니

병이 멈추었니
비명이 사라졌니

나의 병으로 너의 병을 만들던 짓을 더 해주길 바라니
예의를 다해 평범해지는 일을 너는 경배하게 된 거니

참 독하다 참 무섭다 하면서
너를 번역해줄 일이 이제는 없겠다

모든 게 끔찍한데
가장 끔찍한 게 너라는 사실 때문에
너는 누워 잠을 자버리지
다음 생애에 깨어날 수 있도록

아무것도 이해하지 못했는데
모든 것에 익숙해져버렸지
익숙해져버린 나를 적응하지 못한 채 절절매지
젓가락을 들어 올려
전을 다 먹을 뿐

만약 이 세상이 대답이었던 것이라면
그 질문은 무엇이었을까
더 강하고 더 짙은 이 부추였을까
병이 멈추어버린 병은 어떻게 아픈 척을 해야 할까

부추를 받고 귀여운 인형을 친구에게 건넸지
무쇠 프라이팬을 받고 예쁜 그림책을 친구에게 건넸지

귀엽고 예쁘게
여리고 선량하게

혼자 있을 때마다 나쁜 것들만 떠올리는데
나쁜 짓은 더 이상 하지 않아
가지런한 부추들
파릇한 부추들

손아귀

탁상시계를 던져본 적이 있다
손아귀에 적당했고 소중할 것도 없었던 것을

방바닥에 내던져
부서뜨려본 적이 있다

부서지는 것은 부서지면서 소리를 냈다
부서뜨리는 내 귀에 들려주겠다는 듯이 소리를 냈다

고백이 적힌 편지를
맹세가 적힌 종이를

두 손으로 맞잡고
천천히 찢어본 적이 있다

이렇게 가벼운 것이잖아 하며
손목의 각도를 천천히 틀면서 종이를 찢은 적이 있다

찢어지는 것도 찢어지면서 소리를 냈다
찢고 있는 내 귀에 기어이 각인되겠다는 듯 날카롭게
높은 소리를 냈다

무너지는 것들도
무너지는 소리를 시끄럽게 낸다

더이상 버틸 재간이 없다는 것을 항변하는
함성처럼 웅장하게 큰 소리를 냈다

이 소리들을 나는
기억하고 있다

이 소리들을 내가
기억하는 것이 나의 무고를 증명한다는 듯
기억을 한다 하지만

망가지는 것들은 아무 소리도 내지 않는다
조용히 오래오래 망가져간다

다 망가지고 나서야
누군가에게 발견이 되는 것이다

기억에만 귀를 기울이며 지나간 소리들을 명심하느라
조용히 오래오래 내 귀는 멀어버렸다

한밤중에 눈을 뜨면 내가 키우는 식물이
자객처럼 칼을 뽑아 나를 겨누고 있다

칼날 아래 목을 드리우고
매일매일 무화과처럼 나를 말린다

시원하게 두 동강이 나서
벌레가 바글대는 내부를 활짝 전개할 날을 손꼽는다

오늘 아침 나의 식물은
기어이 화분을 두 동강 냈다

징그럽고 억척스럽고 비대해진 뿌리들이
그 안에 갇혀 있었다

바깥

얼굴은 어째서 사람의 바깥이 되어버렸을까

창문에 낀 성에 같은 표정을 짓고
당신은 당신의 얼굴에게 안부를 물었다

안에 있어도
바깥에 있는 것 같아 바깥으로 나와버릴 때마다
안쪽은 먼 곳에 있지 않다는 걸 알게 되었다

이제 집에 가자며 누군가 손을 내밀 때
거긴 숙소야, 나는 집이 없어
당신은 방긋 웃으며 말했다

비바람에 우산들은 뒤집히고
상인들은 내다 걸은 물건들에 비닐을 덮어주고
행인들은 뛰거나 차양 아래에 멈춰 섰다

처마랄 것도 없는 처마 아래에서
잠자리 두 마리가 교미를 하고 있었다
꼬리를 바르르 떨었지만 고요함을 잃지 않았다

꼬리는 어째서 그들의 바깥이 될 수 있었을까

사나운 꿈은 어째서 이마를 열어젖히는가
낯선 짐승들이 한 마리씩 튀어나와 베개를 짓밟아서
꿈 바깥으로 당신은 자꾸 밀려났다

당신은 다시 잠이 들었다
얼굴을 벗어
창문 바깥에 어른대던 저 나뭇가지에다
걸어둔 채로

당신의 바깥은 이제 당신의 얼굴을 쓰고 있다
안으로 들어오겠다고 당신의 방을 밤새
부수고 있다

누군가

잘 가,
하고 손을 흔들던 모습을 마지막으로 보아선지
너를 내내 거기에 세워둔 것 같았다

벌떡 일어나
놀이터로 나가보았다

너는 거기에 없다
너의 운동화가 잘 말라가고 있다
너의 운동화에 발을 넣어본다

턱을 타고 땀이 흐른다
벗어둔 외투를 비집고 자책들이
불개미처럼 기어 나온다 발가락을 깨문다

햇볕이 햇볕을 향해 몸을 낮추다가
햇볕이 햇볕을 순식간에 잡아먹는 걸 바라본다

어느새 너는 나에게 업혀 있다
너는 어느새 외투가 되어 있다
어느새 나는 외투를 입고 있다

너니?
나의 말투가 다정할수록
너는 역겨워한다
할 말이 많아져 입을 다물면서

외투를 벗듯
너를 벗어서 내려놓는다
비로소 내가 된 것 같지만

너는 나를 보다가 더듬더듬 나를 만졌다
외투였네,
하고선 나를 찾으러 이 놀이터를 나가버렸다

젖은 운동화가 남긴
젖은 발자국이 너를 따라가고 있었다
나는 거기에 서 있다

꿈에서처럼

꿈에서 나는 죽었다 죽어가는 일이 참 수월했다 꿈에서처럼 나는 여섯 살이거나 열여섯 살이었다 꿈에서처럼 나는 말을 할 줄 몰랐다 꿈에서처럼 죽어라 걸어다녔다 꿈에서처럼 어디를 찾아가지는 않았다 꿈에서처럼 아무리 하루를 살아도 밤이 오질 않았다 꿈에서는 꿈꾸는 듯해본 적도 없으면서 꿈꾸는 듯 앉아 있었다 항구 주변을 날아다니는 갈매기를 보았다 눕다시피 살아가는 나무들을 보았다 누워버린 나무들은 이미 죽은 나무였다 눕다시피 살아가는 고양이를 보았다 눕고 싶으면 누웠다가 걷고 싶으면 걸었다 누우면 잠이 들고 잠이 깨면 일어나 움직이는 일이 못내 자랑스러워서 나에게 나는 기꺼이 빵과 우유를 주었다

꿈에서처럼 정물이 되어버린 피아노의 뚜껑을 열어보았다 꿈에서처럼 정물이 되어버린 아기 천사의 먼지를 닦아보았다 꿈에서처럼 정물이 되어버린 가족에게 말을 건네보았다 비행기에 두고 내린 다 읽은 책이 컨베이어 벨트에 얹혀 꿈에서처럼 다시 눈 앞에 나타났듯 꿈에서처럼 내가 내 앞에 다시 나타났다 모르는 척을 하려다 그 책을 챙겨 휴지통에 넣고 다시 걸었듯 나를 꿈속에 넣어두고 쉽게 돌아섰다 꿈에서처럼 이게 설마 죽은 걸까요 하며 옆 사람을 쳐다보았고 옆 사람은 고개를 끄덕였다 그 사람의 미소를 따라 하며 죽어라 걸었다 꿈에서처럼 육체의 고충에 아무 대답도 하지 않았고 꿈에서처럼 단 한

번도 잠들지 않았다

편향나무

한 번도 원한 적 없는 이 세계에서
백 년은 살아야겠지
미치지 않고서 그럴 자신이 있겠니

용기 라는 말을 자주 쓰는 자는 모두 비겁한 사람이 되었다
내 생각을 나보다 더 잘 읽는 자는 모두 적이 되어 있었다
아침마다 나는 고쳐 말하고만 싶었고

작년의 감이 매달려 있는 사월의 감나무를
빨랫줄을 꽉 물고 있는 빨래집게들을
등에 난 흉터를
아까 본 그 사람을
거북이처럼 걷던 그 사람을

거북이는 등이 있어서 다행이고
같은 맥락에서
거북이 등 뒤에는 아무것도 없어서 다행이고

배낭을 메고 내가 나를 거듭 떠났다
나를 배웅하기 위하여 나는 또다시 어딘가로 떠났다
한 번도 살아본 적 없는 곳으로 가서

얼굴을 버리고 돌아와 얌전하게
생활을 거머쥐는 나에게로 벚꽃잎들이 달라붙을 때
얇이 라는 말을 깊이 생각했다

자기 자신이 자기 자신에게 가장 거대한 흉터라는 걸 알아챈
다면
진짜로 미칠 수 있겠니

출구

80년대에 이 동네는 부촌이었다 그때 나는
이 동네 반지하에 살았고 뒷집 반지하에 살던 애와 단짝이었다
오은애, 그애 엄마가 영진상가에서 백반집을 한다 했지만

백반집의 종업원이었다 영진상가 앞 목욕탕에 갈 때마다 생
각이 난다
그애만 모르고 실은 다 알고 있었던 그애의 거짓말과
종류가 같았던 내 거짓말

이태리 양과자집에서 빵 굽는 냄새가 풍겨온다 빵을 산 적은
없다
빵 한 덩이가 한 끼 밥보다 비싸기 때문이다
80년대에 아버지는 삼립식품에 다녔고 월급 대신에 빵을 한
박스씩 가져왔다

나는 빵을 먹고 컸지 참,
일산 가는 정류장 옆에 인천 가는 정류장이 있다
마포만두에서 갈비만두를 사 들고 버스를 탄 적이 있다
백석이라고 써 있었지만 일산이 아니라 인천에다 나를 내려
주었다

현찰을 세고 물건을 건넨다

박스와 사용 설명서는 잃어버렸지만 새것이나 다름이 없어요
깎아주세요 안 돼요 워낙 싸게 내놔서요 2번 출구로 들어가서

5번 출구로 나간다 자판기 커피 속으로 설탕처럼 눈송이가
보태질 때
씨발년아 거기 안 서? 고함을 지르며 아저씨가 이쪽을 쳐다
본다
욕은 다 내 얘기인 것 같아 일단 거기에 서 있는다

냉장고의 나날들

보송보송한 분홍
곰팡이가

드넓게 만개한 그날의 밥상머리에

뽀얀
포동포동 살이 오른
구더기가

밥그릇에 그득히 담겨 있었지

사내는
그 밥을 다 먹었네

나는 창가에 서서 휘파람을 불며 화분에 물을 주었네

말이 되는 소리를 하라며
말을 하고 싶지 않은 소리를 내던
사내가

윤기가 반들반들한 흑빛
구정물이 고인

국그릇에

얼굴을 파묻고 쩌업쩝 쩌어업쩝 소리를 드높였을 때에

신발장을 활짝 열어
하얀 운동화를 꺼낸 다음

타일 바닥에 탁, 하고 내려놓고 나는 두 발을 넣었네

문 닫히는 멜로디가
경쾌하게 울려퍼졌지

사갈시

내가 설령 울부짖는다 해도 여러 서열의 천사들 중 누가 이 소리를 들어줄 것인가? 만일 천사가 하나 갑자기 나를 가슴에 끌어안는다면 그 강한 존재에 눌려 나는 사라지리라. 왜냐하면 아름다움이란 우리가 겨우 견딜 수 있는 무서운 일의 시초에 불과하기에.↖

어느 과학자는
태양의 흑점을 너무 오래 쳐다보았다고 했다

무려 25초 동안이나

그래서 눈이 멀었다고 했다
그래도 좋았다고 했다

나는 아무도 보지 않을 때마다
노인이 되어본 적이 있었다

무려 25년 동안이나

그래서 죽어본 적도 있었다

그것이 얼마나 좋았는지를

말하지 않기 위해
바람둥이, 좌파, 모리배, 쇼퍼홀릭으로
산 적이 있다

그래도 좋았고
그래서 좋았다

그리고 남은 시간은
파리에 대하여 생각할 것이다

무려 25초 동안이나
이 아름다운 나의 케이크 위에
앉아 있던 파리의

그 좋았던 시간에 대하여

☾ 릴케, 『두이노의 비가』, 제1비가 첫 구절.

기나긴 복도

뜻 없이 이야기를 나누고 싶다
물이 되어버린 얼음 같은

손에는
달그락거리는 얼음이 담긴 각자의 보온병이 있고
아메리카노가 옅어지고 있다

잠시 쉬어가는 것은 어떨지
주저앉아 울상이 돼서야 너는 내게 물었고
그늘을 찾아 나는 두리번거렸다

어디가 됐든
영원히 쉬어도 괜찮을 것 같았다
파도처럼 몇 차례 바람이 스쳐온다

온갖 이름들을
덕지덕지 붙인 아파트 상가처럼 오래
낡아가는 게 원래의 소원이었다고
말하지 않고 싶다

너는 꺼지지 않고 싶다
나는 스위치를 내리지 않고 싶다 그러므로

너는 밤새 밝지만 그게 너의 안녕인지는 알 수 없다

너는 조금씩 펼쳐진다 넓어진다
이 시간도 어떤 끝인가 보다

하늘 아래 지붕 아래 이불 아래
두 사람의 묵직한 머리가 닿았던
베개 두 개가 놓여 있으리라

너는 잠들지 않고 싶다
너는 꿈꾸지 않고 싶다
나는 그 심정을 모를 수가 없으나
모르고 싶다

i에게

밥만 먹어도 내가 참 모질다고 느껴진다 너는 어떠니.

　지난겨울 죽은 나무를 버린 적이 있었다. 마른 뿌리를 흙에 파묻고서 나무의 본분대로 세워두었는데. 지난겨울 그렇게 버려지면 좋았을 내가 남몰래 조금씩 미쳐갔다. 남몰래 조금만 미쳐보았다. 머리카락이 타오르는 걸 거울 속으로 지켜보았고 타오르는 소리를 조용히 음미했다. 마음에 들었다. 실컷 울 수도 실컷 웃을 수도 있을 것 같은 화사한 얼굴이 되었다. 끝까지 울어보았고 끝까지 웃어보았다. 너무 좋았다. 양지에 앉아 있었을 때 웅크린 어느 젊은이에게 왜 너는 울지도 않느냐고 물어본 적이 있었는데. 젊은이의 눈매에 이미 눈물이 맺혀 있더라. 그건 분명 돌멩이였다. 우는 돌을 본 거야. 그는 외쳤어. 미칠 것 같다고! 외치는 돌을 본 거야. 그는 더 웅크렸고 웅크림으로 통째로 집을 만들고 있었어. 그 속에 들어가 세세년년 살고 싶다면서.

　요즘도 너는 너하고 서먹하게 지내니. 설명할 수 없는 일들이 아직도 매일매일 일어나니. 아무에게도 악의를 드러내지 않은 하루에 축복을 보내니. 누구에게도 선의를 표하지 않은 하루에 경의를 보내니. 모르는 사건의 증인이 되어달라는 의뢰를 받은 듯한 기분으로 지금도 살고 있니. 아직도, 아직도 무서웠던 것을 무서워하니.

너는 어떠니. 도무지 시적인 데가 없다고 좌절을 하며 아직도 스타벅스에서 시를 쓰니. 너무 좋은 것은 너무 좋으니까 안 된다며 여전히 피하고 지내니. 딸기를 먹으며 그 많은 딸기 씨가 씹힐 때마다 고슴도치 새끼를 삼키는 것과 다를 게 없다고 여전히 괴로워하니. 식물이 만드는 기척도 시끄럽다며 여전히 복도에서 화분을 기르고 있니. 쉬운 고백들을 참으려고 여전히 꿈속에서조차 이를 갈고 있니. 너는 여기가 어딘지 몰라서 마음에 든다고 말했었다. 나도 그때 여기가 마음에 들었다. 어딘지 몰라서가 아니라 어디로든 가야만 한다고 네가 말하지 않았던 게 마음에 들었다. 지난겨울 내가 내다버린 나무에서 연둣빛 잎이 나고 연분홍 꽃이 피고 있는데 마음에 들 수밖에. 지난겨울 내가 만난 젊은이가, 아니 돌멩이가, 지금 나랑 같이 살고 있다. 나도 그 옆에서 돌멩이가 되었다. 우는 돌멩이 옆에 웃는 돌멩이이거나 외치는 돌멩이 옆에 미친 돌멩이 같은. 그는 어떨 땐 울면서 외치면서 노래를 한다! 나는 눈을 감고 허밍을 넣지.

가끔 그럴 때가 있다.

쉐프렐라

발만 따뜻해도 살 것 같아
전기 스토브에 언 발을 갖다대며 너는 잠이 든다
신이 너의 잠 주변을 건달처럼 배회한다

1월이 벌써 다 갔네
1월은 항상 그래왔다고 곧 2월이 온다고 말했다
2월도 항상 그러리란 걸 너는 예감한다

전기세를 걱정하며
딸칵 하고 너는 스위치를 끈다
너의 어긋난 불안이 교합되는 소리 같다

너는 몸을 움직이지 않는다
네가 기대 앉은 불행이 볼품없이 납작해진다
신도 네 곁에서 단잠을 자고 일어난 것일까

축축하고 고소한 하품 냄새가
온 방에 가득찬다
우리는 아무것도 하지 않아서
이제 신의 가호조차 필요가 없겠구나

주변을 맴도는 신에게

마실 것을 건네주듯 농을 건넨다
목을 축이는 자에겐 목청을 높였던 흔적이 있다는 걸 아냐고
묻는다

창밖을 보다가
너는 유리창을 본다

창밖은 똑같고 유리창은 매번 다르다
네 손가락이 지나간 자리도 오래 간직해준다
그리고 너에게 그걸 보여준다

너는 다만 명랑하고 싶다
웃음소리로 1월을 끝내고 싶다
2월을 웃음소리로 보내고 싶다

저 식물은 이름이 뭐지
쉐프렐라 아르보리콜라
쉐프렐라 악티노필라

목젖이 훤히 보이도록
너는 고개를 젖히며 웃는다
머쓱해진 얼굴로 신이 우리 곁을 떠난다

II

동그란 보풀이 될 수 있다는 믿음

노는 동안

십일월에 오월을 생각하는 마음으로
너를 생각하고 있었다

지은 죄를 겨우 알 것 같은 나날이었지만
내 죄가 나를 알아보지 못하는 나날이기도 했다

앤서니 퀸이 나오는 옛날 영화를 보았다
그 여자, 착한데…… 나쁘지?
응.
그래서 좋아.

심술궂은 비바람이
다 떨어뜨려서 밟으며 걸어갔다
샛노란 나뭇잎들을

잎은 뚫는 성질을 가졌다
봄에 대한 잎의 입장은 그런 식으로 증명되었고
마룻바닥은 무릎을 받아주는 성질을 가졌다 기도에 대한
걸레질의 입장을 이런 식으로 증명하고 싶다

십일월에도 오월을 생각하는 마음으로
나를 내가 지나치고 있었다

동그란 흙

잔디밭 한가운데에 놓여 있던 축구공에게 한 아이가 다가가 힘껏 발길질을 했다 거대한 곡선이 그려지는 것을 고개를 돌려가며 바라보다 축구공이 툭 떨어져 통 튀어가다 천천히 더 나아가 멈춰버린 곳으로 나는 다가갔다 축구공이 땀을 흘렸다 나는 옷소매로 땀을 닦아주었다

바늘 같은 풀잎들이 무성하게 자라 수풀을 이루자 축구공은 파묻혔다 작은 돌멩이가 축구공 옆에서 축구공을 견디고 있었다

광포한 굉음 속에서 잔디깎기 기계에 풀잎들이 잘려나갈 때 짙은 풀 냄새가 사방에 퍼져나갈 때 축구공은 다시 한번 날아올랐다 다시 한번 거대한 곡선이 그려지는 것을 고개를 돌려가며 누군가는 바라보았을 것이다

폭설이 내렸고
균질한 저 백색 속에 축구공은 숨어버렸다

누군가 흙이 드러난 자그마한 동그라미 하나를 보게 될 것이다 그 옆에 작은 돌멩이 하나가 돌멩이만큼의 눈을 짊어진 채 놓여 있을 것이다 바로 거기에서부터 시작된 거대한 곡선 하나가 저 멀리 지붕들 위로 휘어져가는 것을 나는 고개를 돌려가며 영원히 지켜보고 있는 것이다

우산

그녀의 말과 그녀의 말 사이로

나무가 가지를 비틀며 끼어든다

나무가 빠르게 이파리를 펼쳐 보인다

그녀의 말과 그녀의 말이 그늘 속에서 잠잠해진다

그 아래를 천천히 천천히 슬리퍼를 끌며 지나가는 사람들

말들이 피곤을 씻고 길 위에 내려앉는다

말들을 신발코로 툭툭 차며 사람들이 지나간다

말들은 조금씩 조금씩 앞으로 굴러간다

아이 하나가 뒤뚱거리다 넘어진다

말 하나를 손안에 넣고 다시 일어선다

말 하나가 조금 더 멀리 날아간다

그녀의 말과 그녀의 말 사이에

내 말을 몰래 넣어둔다

하지 못한 말이 하지 않았으면 좋았을 말과 함께

나뭇가지 끝에 매달리기 시작한다

이 그늘을 지나가며 사람들이

저마다 우산을 펼쳐든다

너머의 여름

목화밭 앞에서 씨익 웃는 그녀를 상상한다
남몰래 목화솜을 따는 그녀를 상상한다

목화씨가 발아되기를 기다리는 그녀의
매일 아침을 상상한다

혼자서 양말을 신는 게
소원이라던 네가 무사히 허리를 구부려 양말을 신는
모습을 상상한다

잎말이나방의 유충이
들끓던 이파리의
고충이 아니라

숨기 위해
이파리를 돌돌 말고 그 안에다 알을 까야 했던 유충의
고충에 대하여 상상한다

유충을 박멸해야 목화가 자란다
들끓는 것들을 제거해야 소원을 이루는
무더운 여름의 무서움에 대해 생각한다

껍질을 벌리고 솜이 튀어나오는
그녀의 목화를 상상한다

목화를 수확하는
야무진 그녀의
손바닥과

장대비와
바람과
땡볕과
콧잔등의 땀방울과

양말을 신지 않는
이 여름이 좋다고 너는 말한다
우리는 슬리퍼처럼 헐거워진다

있다

기러기가
기러기처럼 모여서
날아가고 있다 시커먼 물웅덩이에

나타났다 사라지는 기러기들 속에
거위가 다가와
주둥이를 대고 있다

빗방울이 만든 웅덩이에
빗방울이 모이고 있다
하나가 수면에 닿을 때마다
동심원이 점점 더 커다래지고 있다

완벽한 세계가 나타났다
사라지는 모습을 한 아이가 바라보고 있다
무릎을 꿇고 두 손을 짚고
갸웃거리다
종이배를 띄우고 있다

출항하지도
정박하지도 않은 종이배에
다른 아이가 팔을 뻗어

작은 종이배를 조심스레 포개고 있다

인부들이
높다랗게 포갠 기왓장을 이고 지나가고 있다
저쪽에서 인부들이

인부들을 부르고 있다
지붕 없는 집에서 기왓장을 이고서
아이들이 오기를 기다리고 있다

뭇국

국그릇의 테두리는 둥그렇게 보이지 않는다 국그릇을 감싸
쥐는 내 손도 둥그런 모양으로 보이지 않는다
국그릇에 둥그런 숟가락을 담그면 둥그런 국물이 당연한 듯
거기에 고여 있다

투명한 무 한 조각이
네모와 네모와 네모가
목구멍과 목구멍과
목구멍으로

밤새 서 있었으나 누워 있는 것이나 다름없이 안온했던 그
자리를 생각하지 않았다
스티로폼 국그릇을 들고 길 위에 서서 그들이 끓여준 뭇국을
먹는다는 것

숟가락은 없었다는 것 뜨끈한 것을 삼키지 않으면 오한이 날
것 같아서 둥그렇게 입술을 오므리고 국물을 마신다는 것

네모난 대자보 앞에서
네모난 대열 속
둥그렇게 웅크린 사람들과

둥그런 주먹을
네모난 하늘에
찔러넣던

투명해져가는 목숨들이 거기 누워 있었다
　여기 누워 있었으나 밤새 서성인 것이나 다름없던 지난날들
을 나는 떠올리지 않는다

유쾌한 얼굴

구걸하는 사람도 유쾌한 얼굴을 하고 있었다
내 나라에선 구걸하는 사람이 유쾌한 얼굴을 하면 안 돼요

정말이에요
겉치레, 아 겉치레가 영어로 뭐지

심각한 표정은 지식인과 걸인들의 전유물이에요
시인들은 그래서 유쾌한 얼굴을 애써 만들어야 합니다

사나운 개만이 목줄을 차는 나라에서 나는 말해주었다
내 나라에선 주인 있는 개들이 목줄을 차요

그럼 목줄 없는 개는요
유기견이라 부르지요

하하하 농담이에요?
…….

목줄이 사라지도록 미로 같은 동네를 걷고 걸었다
아무것도 없었으므로 아무의 얼굴이 되어갔다

동그란 개가 나를 보고

카앙카앙 짖고 있었다

남은 시간

나는 아직도
멋대로 듣고 멋대로 본다

들었던 것과 보았던 것을 누군가가 귀에 대고
속삭여준다 나는 아직도 이 속임수를 믿는다
속삭임이라서 믿는다

등을 돌린 그 방에는 아직도 내가 남아 있었다
깨진 약속이 아물기를 기다리면서
쪼그려 앉아 문만 죽어라 노려보면서
어떻게든 커다란 소리를 내려 애를 쓰면서

휘파람을 불거나 씩씩대거나
꽥꽥 노래도 불렀지만
기도는 하지 않았다
야유를 하기 위해서였다

내 손이 내 손을 맞잡을 일이 없어져갔지만
황갈색 낙엽처럼 팔 끝에 아직도
손은 매달려 있었다

팔꿈치를 가까스로 접어

얼굴을 가렸고
외면하는 용도로써 손을 사용했다

손바닥과 속눈썹이
서걱대며 마찰을 일으킬 때
해일처럼 거대하고 끔찍한 내가

나를 덮쳐오길 기다렸다
공포를 아는 얼굴이 되어갔다
가장 원하던 얼굴이 되어갔다

드러누워버린 나무들의 정수리
드러누워버린 나무들이 드러낸 뿌리
나는 그때에도 멋대로 기울었고 멋대로 자라났다

두 팔을 휘저어 공기를 헝클며 나는
앞으로 앞으로만 걷는다 이제 앞이 알고 싶다
뒤 같은 건 궁금하지 않다

양쪽에서 은행나무들이 나를 엄호한다
바드득, 운동화가 은행알을 으깬다
나는 아직도 씩씩하고 아직도 아름답다

새장

가장 훌륭한 죄를 생각해냈다며

자랑스러운 사람이 되어서 당신은 내 앞에 나타났다

무럭무럭 죄가 자라나서 성당 지붕이 뾰족해졌고

지붕을 떼어내 모자로 쓰고 왔다고 당신은 말했다

지을 죄를 미리 생각해두느라 꼬깃꼬깃해졌다고

새가 보고 싶어서

개구리를 꿀꺽 삼키려고 너무 가는 목을

이리저리 젖히는 왜가리를 당신은 그렸다고 했다

당신에게 줄 새장을 손에 들고 당신을 기다리고 있었는데

너무 큰 새를 그린 너무 큰 손으로 당신은

내 머리를 쓰다듬었다 나는 머리를 조아렸다

무릎을 꿇고서야 무릎이 생겨났다

돌이 말할 때까지

얘기를 끝내자마자 그가 화장실에 간 사이 나는 창 바깥을 쳐다보았다

백색의 햇살 너머 북한산을 보았다 산을 오르는 사람들은 보이지 않았다

뭘 보고 있는지 묻는 그에게 나는 날씨가 좋다고 말했다

버스에 그를 태워 보내고 나는 걸어서 집에 돌아왔다 이 세상에 없는 사람의 책을 얼굴에 덮고 잠이 들었다

이 세상에 속하지 않은 것들과 우정을 나눌 차례가 왔고 아침이 왔다

주워온 조약돌 하나를 꺼내어 마주했다 돌이 말을 할 때까지

지금은 없는 피아노 위에

언제부터 여기 앉아 있었을까 내 어깨에 앉은 먼지들은 누가
털었을까

피아노 위에 꿩은 언제부터 여기 있었을까 꿩을 먹던 아버지
는 어디로 갔을까 꿩을 그리던 어머니는 어디로 가버렸을까 꿩
의 울음소리를 내던 할머니와 함께

나의 피아노 위에 있던 이 소중해 보이는 것들은 엄밀히 말
해서 소중한 게 아니라 자랑스러운 것이었는데
한복 입은 인형들 옆에 가족사진 옆에 트로피 옆에 트로피
옆에 꿩
정말 자랑스러워 보였으리라

이것들이 왜 나의 자랑스러운 피아노 위에 앉아 있는지에 대
해 오래 생각했다 꿩을 보며 꿩의 부리를 보며 꿩의 긴 꼬리를
보며 피아노 앞에 앉아 하농을 연습할 때에도 피아노 뚜껑도 열
지 않고 앉아만 있었을 때에도 꿩을 보며 꿩의 눈알을 보며 꿩의
깃털에 앉은 먼지를 보며

장래에 피아니스트가 될 것을 믿었다 엄밀히 말해서 꿩은 꿩
이 아니라 장끼였지만 꼬리가 길었고 빛깔이 고왔지만 꿩은 한
번도 날지 않았다 이젠 꿩을 먹지 않는 아버지 옆에 이젠 꿩을

그리지 않는 어머니 옆에 더 이상 꿩의 울음소리를 내지 않는 할머니 옆에 꿩

　대신 피아노 위에 인형처럼 앉아 꿩이 돌아오길 기다렸다 피아노는 누가 치고 있었을까

스웨터의 나날

　무사하지 않다는 것으로 간신히 무사하다고 소식 전합니다 오늘은 막힌 변기와 친하게 지냈고 마침내 양변기의 구조를 완벽하게 이해하게 되었습니다 엄마가 싸준 묵은지 한 포기를 도마 위에 올려놓으며 밥에 대한 내 입장을 분명히 하였습니다 무사하지 않은 지 오래되었지만 이것이 무사하다는 전갈이라는 걸 알게 된 건 오래되지 않았습니다 부엌 쪽창에 얼 비치는 내 그림자를 보면 자꾸 엄마 하고 부르고 싶어집니다 음악가에게 망원경을 주면 우주의 비밀에 대하여 작곡할 수밖에 없다는데 제게 어울리지 않는 것을 좀 보내주시겠습니까 간곡히 부탁드리는 바입니다 쥘 게 없는 손으로 주먹을 쥐는 나날입니다 도저히 악의적일 수가 없는 호칭을 등에 업고 늦은 밤에 양말을 갭니다 양말에게 짝을 찾아주는 일 정도가 가장 어울리는 나에게도 스웨터에 오래 매달리다 보면 동그란 보풀이 될 수 있다는 믿음이 있습니다

III

Mean Time Between Failures
평균 고장 간격

가방 같은 방

쌀 옆에는 운동화가 있다
생리대 옆에는 오렌지가 있다
과도 옆에는 상비약이 있다
팬티 옆에는 서류 봉투가 있다

가방을 열어 변기를 꺼낸다
손수건을 열어 욕조를 꺼낸다
발바닥을 열어 슬리퍼를 꺼낸다

땡볕을 궁리하며
나날이 시커매진다
빨래를 궁리하며
나날이 더러워진다

솥을 들고
내 나라를 삶아
새로운 친분을 도모한다
불법체류자와 함께 나누어 먹는 두부조림
발톱에 매니큐어를 칠하는 레바논 여자와 함께 나누어 먹는
생수

혼자 앉아 계란 프라이를 먹어치운다

행주를 들어 내가 흘린 내 나라의 뉴스를 닦아낸다
모자가 이목구비를 먹어치운다
가방이 방을 먹어치운다

제로

버려진 아이들이 멍청할 정도로 진지하게 하루를 살아가는
영화를 보았어요
커튼 속을 휘감아 돌며 하고 싶은 말을 그곳에 두고서 홀연히
창문 바깥으로

누군가가 또 울고 있어요
울음소리를 그쳐야
바깥의 울음소리를 들을 수 있어요

동백동산에는 황칠나무가 있습니다
경상남도 함안군 칠원면에는 돈담내길이 있습니다

아무렇지도 않게
아무 일 없었다는 듯이

온도계가 어제와 마찬가지로 오늘도 0도를 지시합니다
0이라니, 온도가 없다는 뜻 같아서
영하 10도보다 더 추운 것 같아 보일러를 올렸습니다

버려진 아이들이 그렇게 해서라도 살고 싶은 그걸 두고서
왜 그렇게 사느냐고 수군대는 어른들의 영화를 보았어요

너그러움 없이
어김없이

버려진 악기들이 쉬고 있습니다
안국역에는 재동 순두부가 있습니다 재동 순두부에는
재동 순두부가 하얗게 있습니다

이제 안에 불을 끕시다
밖이 잘 보이게요

너의 포인세티아

젖먹이 아이를 고립시켜놓고
그 앞에서 말하는 것을 금지시켰을 때 아이가
히브리어로 말할지 그리스어로 말할지 부모의 언어로 말할지
그게 궁금했던 것인데 아이는 죽어버렸다 했다

두루마리 휴지는 사 가는 사람이 없어서 팔지 않는다고
단호하게 말하는 가게 주인 와얀에게
이곳에서 와얀이란 이름을 다섯 번째 만난다고 말했다가
첫째 둘째 셋째라는 말을 배웠고 카스트를 배웠다

개구리를 삼키는 도마뱀이
개구리 소리를 내며 운다는 걸 알게 되었다
바비 인형을 안고 바비굴링을 먹던 백인 아이가
아니야 돼지 아니야 하고 눈물을 뚝뚝 흘렸다

밤이 왔다고 속이기 위해
포인세티아에게 검정 비닐을 덮어두면
빨갛게 물들 수 있다 했지만 너는 그렇게 하지 않았다 했다
새파란 포인세티아에게 메리 크리스마스 하고
인사했다며 너는 웃었다

누군가 내 눈을 가리지는 않았지만

너무 쉽게 나는 얼굴이 빨개졌고 너무 쉽게 다시 멀쩡해졌다
올해는 새해 인사를 고르느라 아무에게도 인사하지 못했다
복 많이 받으시라는 말을 할 수 없어 벙어리로 지냈다

침팬지와 살아서 침팬지인 줄 알고 산 아이에게
말을 가르쳤을 때 아이는 말을 알아듣기 시작했지만
얼마 못 가서 죽어버렸다 했다

인사말을 배워서 인사를 했다
계란 한 판을 사러 갔다가 두 개씩만 판다며
다시 한번 단호하게 말하는 가게 주인 와얀에게
계란 두 개 주세요 하고 다시 말했다

관족

1.
귀가 큰 짐승들은
어쩜 저리도 가엾게 생겼을까
그 귀로 나에게 악수를 청할 때
그 귀를 덥썩 잡았다

눈이 큰 짐승들은 어쩜 저리도
착하게 생겼을까
꿈뻑이는 눈망울 앞에 서서
손바닥으로 그 눈을 얼른 가려주었다

힘이 센 짐승들은
쉽게 늙는다

상어
코디악 불곰
돌지네

한쪽 손을 또 끌어와
두 손으로 그 손을 감쌌다
가장 되고 싶은 그 손으로
움직이기 시작했다

2.
리더들은
청중의 눈을 똑바로 바라본다

서서히 손목을 굴려서 여러 번 반원을 그린다
대관람차처럼 손이 회전한다
개방적이고 온유한
사유가 완성된다

힘차게 여러 번을 그렇게 한다
천천히 부드럽게 그렇게 한다

이윽고 그 손은 다른 손을 동원한다
열 손가락을 바깥으로 펼쳐 보인다

마술사가 그랬다면
토끼가 장미꽃으로
변신하는 순간일 테지만
마침내 그 손은 턱을 괴기 시작한다

귀에 덮개를 씌운다
입에 마개를 꽂는다

영혼을 마술사처럼 꺼내어 공중에 날려보낸다
드디어 완전해진다

3.
버릴 수 있는 것은 다 버리고
찢을 수 있는 것은 다 찢는다

눈
코
입
귀
이마와 땀방울과
무릎과 지팡이
그림자를 보살피는 나의 가장 바쁜 뒤꿈치와
그러나 어금니 어금니

버렸던 것을 다시금 버리고
찢었던 것을 다시금 찢는다

악수만 하고도 부서지는 나
마주치기만 해도 깨져버리는 나

잡았던 손을 놓고 싶다면
내 손을 버리는 방법밖엔 없다
그렇게 할 것이다

미어캣처럼
두 발로 서 있게 된다면
겨우 사람 같을 것이다

밀고

감자와 양파와 돼지고기를 반듯하게 썰고 카레 가루를 갠다
집 안 가득 퍼지는 강황 냄새와 양파 냄새가
마침맞게 익어간다

죽을힘을 다하다 죽어버리는 사람은 있지만
죽을힘을 다한 시는 이 세상에 없었다
죽을힘을 다하다가 죽어가는 화분이 하나 둘 세엣 네엣……

어떤 신호음은 죽은 사람을 살리러 달려간다
어떤 확성기는 싱싱한 야채를 싣고 달려온다
비닐봉지에 사과와 식빵을 담고서 현관에서
신발을 벗을 때 발목에 걸리는 자책들을 털어낸다

아름다움에 매료되다니
아픈 부위에 티스푼을 찔러 넣어 한 숟갈 퍼 먹는 푸딩처럼
아름다움이 간식이 되다니

아프리카 사람들의 노동요에 바흐의 곡을 입혀
프랑스 사람은 아름다운 음악을 팔았다
아름다움을 다하여 나는 시를 쓰는 중이다
죽이는 소리에 죽는 소리를 입혀서

주저하는 것과 주저할 수는 없는 것
집 안 가득 시들시들함이 시름시름 앓는다
마침맞게 익어간다

과수원

사과를 연구하는 자는 사과의 미래를 굳게 믿는다
사과의 가능성을 사람들이 잘 알지 못하는 걸 무지로 파악한다

사과를 너무 많이 들어서
사과를 모르게 되었다

우리는 아무래도
사과의 허구를 이해해야 할 것 같다
이해의 허구도 사과해야 할 것 같다

사과를 구하면서
사과로부터 하염없이 하염없이 멀어져가는 사람들

화가의 정물로 사랑받아온 사과들
건강미 넘치는 사내들의 앞니 자국이 찍힌 사과들
트럭을 타고 달리는 사과 더미들

우당탕탕
언덕을 굴러 내려오는
새빨간 사과들

사과가 하나둘씩 멈추면
허리를 굽혀 멍든 사과를 주워드는 사람들

사과에 대해 너무 많이 생각하니

벌써 용서받은 것 같다

용서의 허구에 대해서는 용서할 수 있을 것 같다

우리 바깥의 우리

우리는 서로의 뒤쪽에 있으려 한다

등을 보이고 싶지 않아서 그러는 것은 아니고
다만 등을 보고 있으려고

표정은 숨기며
곁에는 있고 싶어서

옆자리는 비어 있고
뒤에 서서 동그랗고 까만 팔꿈치를 쳐다보면서
그림자 속에 숨을 수 있을 거라 생각하면서

등 뒤에서 험담이 들려올 때
꼭 듣고 싶었던 말이었는데
제대로 듣지 못하면서

─말하는 것 좀 봐
─말하지 못하는 것 좀 봐

단 하나의 사건에서
모두의 죄들이 한꺼번에 발각되는 순간이 온다

—이제 전부가 죄인이 되었는데 앞으로 벌은 누구에게 받나

추위 때문에 소름이 돋는 건지
소름이 돋기 때문에 춥다고 느끼는 건지

(내가 알던 나에 대한 (내가 알던 나에 대한 (내가 알던
너에 대한) 내가 알던 나에 대한) 내가 알던 나에 대한)

우리 바깥에는 우리가
우리로부터 바깥으로 우리에게로
우리 바깥의 우리를

우리는 마주 보고 있지 않았다
마주: 이것은 바라보는 걸 뜻하지 않았다
언제 단념하게 될지 지켜보는 걸 뜻했다

우리는 두려움 없이 말하는 자의
두려움을 보고 있다

분명히 맨 뒤에 서 있었는데
자꾸 맨 앞에 서 있다

우리는 등을 보이지 않으려다
곧 얼굴을 다 잃어버리겠다

내 방에서 하는 연설↳

당신은 왜 그런 배역을 맡았습니까
직장인의 첫인상은 어떻게 만들어야 합니까
한순간도 위험하지 않은 인상착의를 소화하고서
단 한 번도 위험하지 않으려고 노력해야 했군요

암암리
암암리

참담합니까
전혀 참담하지 않습니까
참담합니까

여러분께 묻겠습니다

그랬던 적도 있고 안 그랬던 적도 있습니다
사실이거나 음해이거나
광산이거나 공장이거나
낙태 혹은 패혈증

선생님의 편견에 부합되지 않았다고 해서
왜 그렇게까지 당황하셨습니까

실업수당이거나 자업자득이거나
바르는 약이거나 먹는 약이거나

나름의 이유는 있었겠지요
각자의 선택에 달렸겠지요

드라마입니까 프로파간다입니까
누구 편에 서겠습니까
단결 또는 분열
승리 혹은 세력

여러분께 또 묻겠습니다

조용한 힘만을
미미한 일들을
욕실과 주방과 유원지를
기억과 기회를
가까운 사람을

돌려주세요
의외의 것들을
분노를

리얼리스트를 위협 인물을
헛소리마, 개자식들아!
무엇보다 유머를

갈등의 본질은 늘 알던 것이었겠지요
실패하려는 시도가 계속해서 실패하는 것을 경험했겠지요
이것은 지켜보는 것만을 뜻하진 않습니다
현실을 직시하는 것만으로는 안 됩니다

하나 마나 한 소리
하나 마나 한 소리
하나 마나 한 소리를 한 번 더 하고 싶습니다

사실은 누군가가 그렇다고 하면
그렇게 되어버리고 만다는 걸 잘 아니까
선생님의 편견은 부당하게도 당당해질 수 있었습니다

암암리
암암리

취소 버튼을 누르세요

참담해지세요
실패가 아니라 비굴함이라고 적어두세요

여러분께 묻지 않겠습니다
여러 겹의 따옴표 속에서 빠져나오는 방법을
모르는 척하느라 애쓰지 마세요

내 옆에서
내 뒤에서

ㄴ 제시 볼Jesse Ball의 시 제목 「Speech in a Chamber」에서 빌려 옴.

MTBF
—Mean Time Between Failures

안전모 속에 식구들을 고이 담아 이고서 철근을 딛는 일용 노동자, 그는 자기 식구가 살지 않을 집을 짓는 중입니다. 사각의 건물도 잠시 거대한 사각의 그림자를 가지는 시간입니다. 시간은 있었고, 시간이 없다고 말하는 자가 그 집에서 살았지만, 그의 발끝에도 공평하게 그림자가 있었습니다. 동네 사람들이 갖다버린 가전제품들이 서로 뺨을 대고 갸우뚱 누워 있었습니다. 동네 사람들이 호박 넝쿨이나 고추 모종 같은 걸 키우고 있었습니다. 일용 노동자가 조적 공사를 하고 있었습니다. 흙먼지가 회오리바람을 타고 공중으로 솟아오르고 있었습니다. 에어컨 설치 기사가 낙상합니다. 회사는 산재를 인정하지 않습니다. 유리창에 제비가 와서 이마를 부딪치며 낙상합니다. 제비는 유리창을 벽으로 인정하지 않을 겁니다. 발이 구두에게 익숙해지자 구두는 발이 되어갑니다. 덜 마른 시멘트에다 하트를 그리는 아이와 자지를 그리는 아이는 같은 아이가 되어갑니다. 벼랑에다 집을 지은 도시에서는 아랫집 지붕이 우리집 마당이었습니다. 공을 두면 공은 흘러내렸지만 당나귀가 아니면 아무도 가파른 길을 올라갈 수 없었지만, 아이들은 공을 찼고 사람들은 당나귀를 탔습니다.

방법들

1.

방법은 어젯밤에 마신 술이 채 깨지 않는다 방법은 오후까지 늦잠을 잔다 가만히 있어야 산다고 방법이 말한다 했던 말로부터 도망을 가는 것이 방법이 살아남는 가장 좋은 방법이다

2.

방법은 확성기를 손에 든다 그러자 다른 방법들에 둘러싸인다 방법을 진압하는 방법들은 언제고 방법을 에워싼다 방법을 취하기 전에 조작하거나 은폐하는 게 방법에겐 가장 좋은 방법이다 방법은 지시가 있을 때에만 방법이 된다

3.

방법은 안절부절하는 것이 몸에 배어버렸다 안절부절하지 않는 것은 부도덕하다고 여기게 되었다 방법은 방법이 무엇인지 알 필요가 없다 방법이 유지될 수 있는 유일한 방법이다

4.

방법이 고개를 쳐들고 이쪽으로 달려온다 방법을 죽이려고 살충제를 뿌린다 방법이 이지러진 몸뚱이를 비틀며 서서히 죽어간다 방법의 숨이 끊어질 때까지 골똘히 방법을 지켜본다 방법을 죽이는 방법을 잘 알고 있다는 게 방법은 만족스럽다

5.

방법은 오늘 아침에 자살을 한다 다른 방법도 같은 방법으로 죽을 수 있다 같은 방법이 반복되는 것 만한 방법은 없다 이 방법이 널리 퍼질 수 있는 가장 쉬운 방법이다

대개

잘 될 겁니다, 무엇이 말입니까. 그걸 모르겠습니다.

잘 살 거예요. 누가요. 우리는 잘 살 거예요. 어떻게요. 그건 모르겠지만요.

나는 당신을 만난 적이 있습니다. 당신과 친했던 적이 있었어요. 당신에 대해 아주 잘 알았습니다. 열 손가락에 각인된 지문을 살펴보며 낄낄댔던 장면이 기억나요. 실은 그것만 기억이 납니다. 당신을 만난 적이 있다는 것을 못 믿겠어요. 멍청이들이나 기억을 믿을 겁니다. 실은 멍청이가 되고 싶었습니다. 당신과 친했던 적이 있었는데 당신을 모르겠다고 말하는 멍청이가 되기 전까지는 기꺼이 멍청이가 되고 싶었습니다.

아무렇지도 않게 나눈 대화가
전부 폭력이었다고 두려워하는 사람 앞에서
그것이 무엇이었든 우리가 누구였든

대화한 적 없는 사람과 대화하고 싶다는 생각을 합니다.
경험한 적 없는 경험에 대한 그리움에 휩싸입니다.

알고 계실 겁니다. 무엇을요. 모든 것을요. 이렇게 되어야 했던 것을요. 누가요. 그걸 모르겠습니다.

나는 할 겁니다. 무엇을요. 무엇이든요. 어떻게요. 방법은 없지만 어떻게든. 방법이 없다는 것과 방법은 있지만 방법을 아는 사람이 없다는 것은 얼마큼 다릅니까.

유월 오후의 우유

우리를 우리라고 불렀던
마지막 시간이 끝났다

수천 명이 은닉해 살 수 있는
거대한 건물의 뒷문으로

우리는
한 사람씩 한 사람씩 빠져나왔다
모여서 담배를 피웠다
하얀 신발 코에 검은 재가 떨어지는 것을 보지 못했다
붉은 입술로부터 희디흰 연기가 앞으로 나아가는 것만 보고
있었다

자판기에서
우유 버튼을 눌러
종이컵을 손에 쥐었다 비로소 따뜻했지만

찰랑거리는 컵 속에서
수천 명이 은닉해 절규하는
거대한 건물이 비쳤다

우리는 입술을 오므리고서

그 희디흰 물을
한 모금씩 마셨다

있잖아,
나는 포유류의 젖이 왜 흰색인지 이제야 이해가 되려고 해
라고 누군가에게 말하지는 못했다

종이컵을
손안에서 구기며
이제야 첫 끼를 때웠네,
라는 혼잣말도 하지 않았다

우리를
우리라고 부를 수 없는 시간 동안
나는 매일 찬 우유를 벌컥벌컥 들이켜며
그날을 떠올리며

허연 우유 속을 유영하며 지냈다
여자 하나가 등을 보이고 돌아앉은 순간이었지만
그 여자의 아기는 가장 살고 싶어 한 순간이었다

수천 개의 심장이

제각각 출렁이고
수천 개의 맥박이
제각각 요동치는

누가 어디에 있는지 도무지 알 수 없지만
모두가 이 건물에 은닉해 있다는 것만큼은 잘 알고 있었다

수천 개의 창문이 꽉꽉 닫힌
거대한 건물의 아주 자그마한 처마 아래에서
유월이 오면

꼭 만나자는 약속 대신에
나는 쪼그리고 앉아 희디흰 목화솜을 벌려

씨를 꺼내 땅에 묻었다
이젠 정말 끝이구나 하면서

발문

잠잠이 이야기

유희경 / 시인

잠잠이가 다 읊고 나자, 모두들 박수를 쳤습니다.
"야, 너는 시인이구나!"
잠잠이는 얼굴을 붉히며 절을 했습니다.
"나도 알아."
-레오 리오니, 『잠잠이』☽ 부분

*

동그란 귀, 반쯤 감긴 눈, 그리고 멋진 꼬리를 가진 잠잠이는 '좀' 다른 생쥐다. 여타 생쥐들이 혹독한 겨울을 대비해 부지런히 모이를 저장하는 동안, 그는 햇살을 색을 이야기를 모은다. 마침내 찾아온 겨울. 모든 생쥐들이 모아놓은 것들로 겨울을 보내며 심심해할 때, 잠잠이는 모아두었던 '비밀'들을 풀어놓는다. 생쥐 친구들은 잠잠이의 이야기에서 여름 햇살을 느끼고 색을 본다. 눈송이를 누가 뿌리는지, 얼음은 누가 녹이는지 넋을 놓고 듣는다. 이윽고, 잠잠이의 이야기가 끝나자, 모두들 손뼉을 친다. 그리고 칭찬한다. 너는 시인이라고.

☽ 『잠잠이』는 1980년 분도출판사에서 출간된 레오 리오니의 그림책이다. 이제는 절판되고 1999년 『프레드릭』이라는 본래의 제목으로 시공주니어에서 재출간되었다. 이 글에서 나는 '프레드릭'이 아닌 '잠잠이'라는 이름을 쓰고 싶다. 난 그 이름이 더 좋다. 시인 김소연과 더 잘 어울리기도 하고. 원 저작자와 정식 라이센스를 가진 출판사의 양해를 구한다

*

　나는 아직 김소연에 대해 충분히 알지 못한다. 차라리 아무
것도 모르면 좋으련만, 그렇다 하기도 어렵다. 그러니 무엇을 쓸
수 있을까. 당당하기에도 용감하기에도 조금 부족하다. 흐흐, 하
고 웃는 김소연의 얼굴이 떠오른다. 입을 벌리지 않은 채 입꼬
리를 올려 그렇게 웃는 건 뭔가 재미있는 이야기를 들었을 때다.
과연 이 글을 읽으면서 그렇게 웃을 수 있을까. 몇 줄 적고 얻은
자신감이 다시 꼬리를 말고 만다. 호기롭게, "쓰겠습니다" 하고
대답했던 순간이 떠오른다. 할 수만 있다면 꼬깃꼬깃 접어서 태
워버리고 싶다. 없는 일로 만들고 싶다. 당연히 그렇게 할 수 없
다. 그러니 아는 만큼 쓰고 뻔뻔해지자. 나는 그런 것을 잘한다.
스승에게 배운 기술이다. 스승이 누구인지는 기억나지 않는 걸
로 해두자.

*

　김소연에게 무언가 선물을 해주고 싶을 때, 가장 먼저 떠오르
는 것은 아이스크림, 과자, 초콜릿 같은 것이다. 그는 단맛의 전
문가, 아니 수집가다. 어렸을 적, 그렇게 먹고 싶던 '단것들'을 엄
마가 사주질 않았다고, 그게 한이 되어서 어른이 된 다음, 삼시
세끼를 그런 것으로 때운 적도 있노라고 고백한 적이 있다. 김소

연은 그런 사람이다. 하지 말라고 하면 더 해야 하는. 허락받지 못한 그 단맛들에 매혹되는 것은 김소연의 혀가 아니라 마음이다. 그렇다. 김소연은 마음에 귀를 기울인다. 마음의 말만 듣고 싶어 한다. 어른들 입장에서는 사고뭉치다. 어지간히 혼이 나며 자랐을 것이다. 그래도 어떡하나. 마음의 소리만 들리는걸. 뚜껑을 열 때마다 오르골 음악이 나는 엄마의 보석함은 일단 분해하고 봐야 한다. 고장이 나버린 걸 들킬까 며칠 잠 못 들고 몸살이 나는 건 나중 문제이다. 결국 엉엉 울며 '자수'하더라도 ⌐ 그렇게 하지 않으면 안 될 것 같은 일에 최선을 다하는, 이건 아무래도 천성이다.

김소연의 유년은 크게 둘로 나뉜다. 경주 시대와 망원동 시대. 1967년 경주에서 태어나 1980년에 망원동으로 이주하기까지 약 13년간에 대해서는 별반 들은 것이 없다. 목장을 운영하는 부모의 1남 2녀 중 둘째 딸로 태어났고, 사람보다 소가 흔한 곳이어서 소를 친구 대하듯 어른 모시듯 했으며, 첨성대니 신라 왕릉(그 큰 무덤!)이니 하는 곳을 놀이터 삼아 뛰놀았다는 것 정도다. 그의 어린 시절은 어떤 모양이었을까. 어쩐지 김소연은…… 그때도 쇼트커트에, 긴 팔과 다리를 가진, 기분 좋을 땐 우헤헤 웃고, 음모를 꾸미거나 재미있는 이야기를 들을 땐 씨이익 웃는 아이였을 것만 같다. 물론 군것질거리는 한 개도 못 얻어먹는 말썽꾸러기.

↳ 김소연, 「보물상자의 원칙」, 『조립형 text』, 눈치우기, 2015, 100~102쪽.

*

    14살이 되던 해, 김소연은 망원동으로 이사를 온다. 성산초등학교로 전학한 김소연은 한동안 과묵한 아이가 된다. 사투리 때문이다. 사투리를 썼다가 놀림을 받을 것이 무서워 학교에서는 침묵하고, 집에서는 맹렬히 표준 발음을 연습했다고 한다. 이때 연습이 좀 잘못되었는지, 김소연은 사투리를 완전히 잊는 대신 느릿느릿하면서 어딘가 굴러가는 듯한, 표준어와 비슷하지만 자세히 살펴 들으면 어딘가 다른 발음을 갖게 된다(나는 김소연의 시 낭독을 무척 좋아한다. 선언하듯 읽는 제목, 정확하게 지키는 행갈이, 굴러갈 듯 위태롭게 맺히는 종결어미 들. 시를 읽을 때 그는 오래된 사기그릇처럼 경건해 보인다. 이 경건함은 아마도 '다른' 발음 덕분일 것이다). 망원동에 살다 보니 여름마다 물난리를 겪게 된다. 서울살이의 팍팍함과 고됨을 알게 된다.

    성산중학교를 거쳐 이대부고를 졸업한다. 그는 무턱대고 수긍하는 통념에 귀를 닫고 마음이 원하는 일에는 보다 활짝 귀를 여는 능력을 키워간다. 단조로운 것들을 단조롭지 않게 두었으며 천진한 호기심은 성장통도 없이 잘도 자랐다. 무엇이 되고 싶은지는 조금도 궁금하지 않았다. 어쩌면 토끼나 사슴 같은 것이 되고 싶었을지도 모른다. 신촌을 쏘다녔고, 연애를 했으며, 늘 지각하는 학교에서는 주로 잠을 잤다. 때때로 가출을 시도하기도 했다. 십 대 김소연은 책을 읽고 자기 마음대로 세상을 정의하기 시작했다. 불필요한 단어들은 자신의 사전에서 과감하게 삭제하고 이내 잊어버렸다.

십 대 김소연 이야기의 결론은 대학 입학이다. 그게 어떻게 가능했는지 나는 아직도 모르겠다. 아무튼, 내가 초등학교 신입생 줄에 서 있던 1986년. 김소연은 가톨릭대학교에 입학을 한다. 경이에 대한 애착이 시작된다. 김종삼, 박용래, 정현종, 최승호, 이성복, 최승자의 시를 열독한다. 본격적으로 시를 쓰기 시작한다. 문학을 결심한다. 시가 좋았고, 그 외엔 아무런 관심도 없었다.

"시를 쓰기로 결심했던 스물셋의 나이에 썼던 일기에는, 시 쓰는 것 빼고는 모두 자신 없다고 적혀 있었어요. 좋은 딸로 사는 것, 돈을 버는 것, 사랑을 하는 것, 건강한 것 모두 말이죠."☽

시를 쓰는 것 말고는 어떤 것에도 관심을 두지 않았다. 정말이지 일단 몰두하면 그것 말고는 아무것도 보지 않는다. 그것으로 마음을 경영한다. 그 일에만 몰두한다.

*

1993년. 김소연은 시 전문지 《현대시사상》에 시들을 발표하

☽ 블로그 '서윤후 연구소', 서윤후와의 인터뷰에서.

며 등단한다. 하지만 등단이 무엇을 의미하는지, 등단을 하게 되면 어떻게 해야 하는지 알려주는 사람은 없었다. 그저 시가 좋았고, 시인이 되고 싶었고, 시인이 되려면 등단을 해야 한다더라, 라는 말에 팔랑팔랑했을 것이다. 그러니 김소연은 등단 소식을 들었을 때 어쩐지, 기뻐하기보다 부끄러워하면서 우쭐해하지 않았을까. 잠잠이처럼.

팔랑팔랑,이라고 적고 보니 김소연은 더없이 팔랑이는 귀를 가진 사람이구나 싶다. 어떤 것을 해야겠어라고 생각하는 것을 어찌나 쉽게 바꾸는지, 이 사람에게 결심이라는 것은 도대체 무엇일까 궁금해지기도 한다. 그으래? 하고 사악, 표정을 바꾸며 빙글거리는 그의 웃음을 보면 어떤 진지한 생각도 다 날아가버리지만. 그렇다고 김소연을 나약한 사람이라고 짐작해서는 안 된다. 그는 매 순간 진심이고, 그 진심으로 모든 결정을 하기 때문이다. 무엇보다 싫은 것, 좋은 것에는 한 치의 양보도 없기 때문이다. 반복하지만, 김소연은 마음의 이야기를 경청하는 일에 모든 감각을 기울여 살아온 사람. 그러니까 그의 등단은 모종의 결심이었고, 누군가의 꾐이 아니라 스스로 결정한 일이다. 마음이 정하고, 시인이 된 것이다.

우와—,는 김소연이 즐겨하는 감탄사이다. 즐겁고 신기할 때, 한 번 짝, 박수를 치면서, 그렇게 감탄한다. 그 감탄 뒤엔 꼭

나도 해볼래! 나도나도! 하는 말이 따라붙는다. 망설임도 없이, 그래서 조마조마할 때도 있다. 아니, 사실 난 그 감탄사를 내뱉을 때의 김소연이 좋다. 이 시인이 무언가를 좋아할 때마다 세상이 조금씩 밝아지는 기분을 느끼기도 한다. 손가락이 무척 길고 가느다란 김소연은 즐거운 일에는 지체 없이 반응하지만, 아무 일에나 이렇게 감탄진 않는다. 등단을 하게 된 이듬해, 1994년은 아마 김소연이 이렇게 감탄하는 일이 많아졌던 해가 아니었을까.

1994년 김소연은 시 동인 '21세기전망'에 합류한다. 21세기에 진입한 지 한참이지만 여전히 유효한 듯 느껴지는 이름을 가진 이 동인에는 지금은 세상을 떠난 진이정을 비롯해 유하, 함성호, 허수경, 박용하, 함민복, 김중식, 차창룡, 연왕모, 심보선 등이 있었다. 김소연은 "시인들이 얼마나 아름다운 종족인지에 대한 황홀경을 처음 목격했다"ㄴ고 적는데, 그때의 이야기를 들어보면, 이 "아름다운 종족"과 어울리면서 김소연은, 자신의 끼를 양껏 가꿔보았던 것 같다. 거의 시로 살았던 이들은, 자신이 쓴 시에 감탄하며, 서로에게 전화를 걸어 읽어주고 칭찬하고, 칭찬받고 (아마도) 찢어버리며 하루하루를 멋지게 탕진한다. 밤새 술을 마시고 노래를 부르고, 시로, 다른 어떤 것을 도모하며 마음껏 쓸모없어졌고, 그것으로 생이 얼마나 쓸모 있는 것인지 증명해버렸다. 갑자기 저지르고, 뒤를 돌아보지 않았으며, 열을 앓듯, 서

ㄴ 김소연, 「수상소감」, 『제10회 노작문학상 수상작품집』, 동학사, 2010.

로를 탐하였다. 1996년 출간된 첫 시집 『극에 달하다』(문학과지성사, 1996)는 이 시절에 의한, 이 시절을 위한 시집이다.

그리고 10년. IMF와 혹독한 경제난. 시집을 내지 않았다. 이사와 이사. 곤란과 곤란. 언젠가, 그 시절 빨래를 개던 자신의 모습을, 어두워진 유리창을 통해 본 적이 있었다고, 그때 어떤 수치와 허무, 기묘한 박탈감을 느꼈다고 했다. 문득, 시집을 묶어야겠다고 결심한다. 작업실을 하나 빌려서 바닥에 시들을 펼쳐놓고서, 제대로 자지도 먹지도 않고 그렇게 며칠을 있었다. 설자리 하나 없을 때까지 시들을 내려놓고 노려보다가 다시 거두고 고치고 파기하고 다시 보기를 수차례. 2006년 1월 그의 두 번째 시집 『빛들의 피곤이 밤을 끌어당긴다』(민음사, 2006)가 출간된다. 기다리고 있었어요, 라는 말을 가장 많이 듣지 않았을까. 무얼 하고 있었어요, 다음으로. 바쁜 행보가 시작된다. 시 창작 강의를 하고, 동료 시인들과 함께 작당을 하기도 한다. 어떤 꿍꿍이를 가지고 즐거운 일을 모색하는 것이야말로 가장 김소연스러운 일. 단맛 전문가인 것처럼 궁리 전문가인 김소연은 세 번째 시집 『눈물이라는 뼈』(문학과지성사, 2009)를 상재한다. 나는 이 시집을 궁리의 시집이라고 부르는데, 이 시집 안에는 앞으로의 시적 도모에 대한 궁리가 가득하기 때문이다. 이 시집이 나오던 날, 김소연과 함께 걸었다. 어두운 길에서, 김소연은 내게 앞으로 무얼 해야 할지, 무엇이 남아 있는지 모르겠다고 말했었다.

나는 알고 있었다. 그는 계속 시를 쓸 거였다. 사람들이 바랄 테니까. 그랬다. 김소연은 2010년 겨울 노작문학상, 2011년 여름 현대문학상을 연이어 수상한다.

*

안동에서 서울까지, 나는 운전하고 김소연은 보조석에 앉아 있었다. 네 번째 시집 『수학자의 아침』(문학과지성사, 2013)으로 이육사시문학상을 받았던 여름의 일이다. 이런저런 농담과 서로에 대한 걱정을 나누던 우리는 각자의 생각에 빠져 한동안 침묵했다. 불현듯, 김소연은 '여기'에서 벗어나 '저기'로 가고 싶다고 했다. 사실, 나는 그가 그런 결심을 하게 될 것이 두려웠다. 훌쩍 여행을 떠나길 좋아하는 그가 언젠가는 내가 가기에도 내게 오기에도 먼 어딘가로 갈지 모른다는 근심을 늘 간직하고 있었다. 그러지 않길 바랐다. 그런데도 입에서 떨어진 말은 정반대의 것이었다. 그제야 알았다. 나는 이미 포기하고 있었다는 것을. 나의 각별함과 별개로 그에게 소중한 것은 쓰는 일이라고. 사실 알고 있었다. 그의 쓰기는 '마음이 원하는 대로의 삶'에서야 가능하다는 것을. 안동에서 서울까지 참 멀었다. 나는 용인쯤에서 내리겠다고 했다. 버스를 타고 가는 게 더 편하다고, 되도 않는 고집을 부렸다.

*

김소연은 아직 내 가까이에 있다. 그가 원할 때 쉽게 닿을 수 있을 곳에. 내가 요청하면 기꺼이 와줄 수 있는 곳에. 그날, 안동에서 서울로 올라오는 차 안에서 한 말이 공언이었던 것은 아닐 것이다. 원해도 쉽게 떠날 수 없었을 만큼 많은 일들이 있었다. 나도 그도 많은 것과 작별했다. 김소연의 새 시집 『i에게』가 소중하단 말로 부족할 의미를 갖는 까닭이다. 몇 편 읽다가 그만 덮어버리고 또 읽기를 반복했다. 묻어놓은 마음 위로 강철의 언어가 여린 싹처럼 몸을 연다. 그 순한 말을 참 날카롭게도 벼려놓았구나. 뼈로 온다. 뼈를 향해오고 있다. 그런데도, 나는 두렵지 않구나. 양 손바닥 위 한가득 담긴 차가운 흙처럼 실은 그 속에 숨은 "수천 개의 심장" "수천 개의 맥박"(「유월 오후의 우유」)이 요동치는, 결국 당신이 건네야 했고 내가 만날 것들을 만난 기분이다. 그것을 "고개를 돌려가며 영원히 지켜보고 있"(「동그란 흙」)겠다. 이 세계는 계속될 테니까.

*

얼마 전 마주 앉을 기회가 있었다. 시인은 멀리 다녀온 참이었다. 우리는 오래 대화를 나누었다. 시 얘기도 여행 얘기도 별로 나누지 않았다. 딱히 기억도 나지 않는 얘기를 주고받다가 자정이 다 되어서야 자리에서 일어났다. 어둑한 주차장에서 그가 운전하는 작은 차를 떠나보내고 나서 나는, 참 많은 것이 변했다고 생각했다. 그게 무엇인지 모르겠다. 그런 것이 무엇인지 모르면서 우리는 이따금 모습을 바꾼다. 그럼에도 김소연은 내게 여전히 '잠잠이'. 햇살과 바람의 일에 대해 이야기를 들려주는 멋진 시인. 멀어져가는 차를 세워 말해주고 싶었다. 나는 당신의 시가 좋다고. 계속계속 좋다고 말이다. 그러면 그 말에 대꾸를 해줄까. 아마 아닐 것이다. 그냥 흐흐흐, 입술 끝을 올리며 이를 드러낸 채 웃을 것이다. 그런 생각 끝에 피식 웃었다. 그리고 그와 헤어질 때는 늘 그러하듯 시를 쓰고 싶어졌다. 아주 많이.

아침달 시집 9

i에게

1판 1쇄 펴냄 2018년 9월 10일
1판 17쇄 펴냄 2024년 8월 1일

지은이 김소연
큐레이터 김소연, 김연, 유계영
편집 송승언, 서윤후, 정채영, 이기리
디자인 한유미, 정유경

펴낸곳 아침달
펴낸이 손문경
출판등록 제2013-000289호
주소 04029 서울시 마포구 양화로7길 83, 5층
전화 02-3446-5238
팩스 02-3446-5208
전자우편 achimdalbooks@gmail.com

© 김소연, 2018
ISBN 979-11-89467-06-7 03810

값 12,000원

이 도서의 국립중앙도서관 출판예정도서목록(CIP)은
서지정보유통지원시스템 홈페이지(http://seoji.nl.go.kr)와
국가자료종합목록시스템(http://www.nl.go.kr/kolisnet)에서 이용하실 수 있습니다.
(CIP제어번호 : CIP2018026071)

아침달